À Corentin

Merci à tous ceux qui me soutiennent, m'inspirent parfois.

Un merci particulier à la personne qui m'a offert le bouquet de roses de la couverture. C'est aussi un peu grâce à cette photo que vous, mes lecteurs, avez été attiré par mon ouvrage.

Et un merci tout spécial à Hélène, mon éditrice, pour le temps qu'elle m'a accordé, la disponibilité dont elle a fait preuve envers moi et surtout, pour ses précieux conseils.

MAUX MÊLÉS

Éléa

Éditions Les Plumes d'Ocris

Préambule

Un auteur a cette fabuleuse faculté de pouvoir se mettre à la place de n'importe qui, de s'imaginer dans n'importe quelle situation.

Un auteur n'est pas forcément ce qu'il écrit, n'a pas vécu tout ce qu'il décrit dans ses textes.

Même si parfois... le doute reste permis.

Eléa

Première partie

LES POÈMES

Je m'en veux aujourd'hui

Je m'en veux aujourd'hui
Car j'ai gâché ma vie
Sous ma mauvaise étoile
J'ai tout réussi… en mal
Je t'ai cherché longtemps
Mais j'ai perdu mon temps
Et aujourd'hui j'ai peur
De ne plus trouver le bonheur

Et tout ça, à qui la faute ?
À toi ?… À moi ?... À l'autre ?...
Jamais je ne pourrais dire
Jamais je ne pourrais savoir
Pourquoi aujourd'hui
J'ai gâché ma vie…

Laisse Maman un peu dormir

Laisse Maman un peu dormir

Si tu veux qu'Elle t'aide à venir

Sois gentil Bébé si longtemps discret

Que même pour ta maman tu étais secret

Continue de pousser

Mais arrête de tout cogner

Rends-lui son dos

Qu'avec et pour toi

Elle puisse refaire de bons dodos

Et être en forme dès que toi

Tu seras prêt à débarquer

Dans ce monde dit « Civilisé »

Poème à une inconnue

Quand elle pleurait
L'eau de la mer débordait
Partout dans le ciel il pleuvait
Et mon cœur se brisait

Quand elle pleurait
L'amour me submergeait
Et alors je me disais
Que toujours je l'aimerais

Quand elle pleurait
Elle me faisait si mal
Que parfois je lui en voulais
De cette pluie si fatale

Mais quand elle pleurait
J'aimais la consoler
Et toujours je l'embrassais
Après qu'elle eut fini de pleurer

Pour Mimi

Cela va faire neuf mois que vit en toi
Ce petit être qui va bientôt arriver
Et va te faire maman une seconde fois.
Impatiente, tu attends de voir son petit nez
Sous les yeux de son heureux papa.

De ton ventre rond comme une pomme
Va sortir un petit bout d'homme
Ou une petite fille, tu ne sais pas.

Moi je sais juste que son grand frère
Va l'accueillir avec un grand plaisir.
Tu verras comme il sera fier
De ce bébé et de ses sourires !

Mais pour l'heure, repose-toi
Dehors il ne fait pas très beau
Et le bébé qui est encore en toi
Arrivera tout beau, tout rond, tout chaud.

Tu es l'homme de ma vie

Tu es l'homme de ma vie
Celui que j'aime à l'infini
Celui pour qui je n'ai pas peur de dire
Que notre Amour, jamais, ne pourra finir

J'aurai toujours peur de te perdre
Mais j'ai confiance en notre Amour
Pour toi, avec toi j'ose dire « Toujours »
Ce mot que j'exècre le plus pourtant

Avec toi, il prend tout son sens.
Tu as été créé pour moi
Je le sens par tous mes sens
Comme je suis faite pour toi…

Première rencontre

Regards fuyants,
Sourires gênés,
Gestes à peine ébauchés.

On ne se connaît qu'à distance.
Là, on est maladroit.
On n'ose plus pareil
On s'embrassait par écrit,
Là, on ose à peine se faire la bise…

On se sent bête,
Comme redevenu adolescent
Puis nos mains se cherchent,
Nos doigts s'entrelacent enfin
Nos regards se soudent l'un à l'autre
On y lit ce qu'on ne se dit pas

Nos lèvres se cherchent et se trouvent
On se découvre enfin par le toucher
On se parle
On se regarde
On se touche
On redevient nous-mêmes
Et, à la fin… On s'aime

Au nom de quoi ?

Au nom de quoi, au nom de qui
Ces attentats et ces tueries ?
Dans quels textes est-il écrit
La permission de ces actes-là ?

Au nom de quelle religion
Des gens commettent ces exactions ?
Qui dicte les soi-disant lois
De toutes les atrocités que l'on voit ?

Pour quelques poignées d''hommes fous
C'est le monde que l'on tient en joue.

Au lieu de respecter un lieu qui les accueille
Ils font tomber les gens comme des feuilles.
Et sous leurs balles, notre innocence se meurt
Puisque leur passe-temps favori
Est de faire régner la terreur

Au lieu d'accepter que l'on vive ensemble
Ils créent des chaos perpétuels
En semblant oublier l'essentiel
De leur quête dictée par leur Ciel

Où es-tu ma vie ?

Ma Vie !
Où es-tu ma Vie ?
Où sont mes rêves ?
Où est le temps que je rêvais d'avoir ?

Tout est englouti par cette fichue routine
Qui nous bouffe toute notre énergie

Où est le temps libre
Pour le passer avec mes amis
Pour faire d'autres choses
Que les comptes ou le ménage ?

Où sont donc passés mes rêves
De voyages, de Thalasso
Ou juste de repos ?
Brisés par le triste quotidien.

Où est ma vie ?

Mémoire d'arbre

Du haut de ses trois mètres quatre-vingt
Il observait le triste paysage autour de lui.
Planté au milieu de cette étendue sauvage,
Il résistait, seul rescapé d'un autre âge.

Le chêne centenaire et solitaire
Était autrefois un arbre fort et fier
Sur ce qui était alors la place ombragée
D'un village prospère à la vie animée.

Il était de tous les événements
Mariages, naissances et autres enterrements
Les enfants jouaient et se cachaient sous ses branches
S'abritant tantôt du vent, tantôt d'un soleil brûlant.

Puis le village s'était agrandi,
Était devenu une ville florissante
Et pour qu'elle soit encore plus attrayante
Les hommes avaient tout rasé et tout rebâti.

.../...

…/…

Il ne devait aujourd'hui son salut
Qu'à une petite poignée d'anciens
Qui avaient empêché de leurs mains
Que cet arbre-là ne soit abattu.

Il s'était alors vu entouré de béton
Au milieu d'un parking de supermarché
Les gens râlaient contre lui de temps en temps
C'est incongru, un arbre dans un monde cimenté !

La ville avait fini par s'éteindre peu à peu
Et les hommes les avaient abandonnés, tous les deux.
Seules les racines de l'arbre avaient encore le pouvoir
De fendre l'asphalte de ce parking désormais désert.

Il ne restait plus aucune humanité
Dans ce paysage décharné
Que ce chêne centenaire et solitaire
Seul, comme rescapé d'un autre âge…

Blues

Il est des jours où tout me paraît futile
Des jours où je me sens vraiment inutile
Où tout ce que j'ai me semble si peu…
Des jours où je me dis qu'il faudrait que je meure

Pour que les autres me voient, me pleurent
Ou au contraire se réjouissent du mieux
Que leur offrirait la mort
De quelqu'un d'inutile
À leur vie, à leur bonheur

Ces jours-là je pense à mes fils
Qui me retiennent dans cette vie
Où, justement, à part mes fils
Il me semble n'avoir jamais rien réussi.

Seule dans le noir

Seule dans le noir,
Je pleure mon désespoir.
Que faire encore ici-bas
Puisque plus rien ne va ?

C'est le même rituel,
Chaque nuit le même duel,
La vie ou la mort.

J'ai peut-être tort
De penser à mon triste sort.

Une soudaine envie de vomir
Commence à m'envahir
Vomir tout ce qui ne va pas.

Mais je n'y arrive pas.
Tout reste coincé dans ma gorge
Et forme un nœud énorme.

Tout ce qui arrive à sortir
Ce sont des larmes.
Et cela me fait mal
Comme des armes…

Tendresse

Poser mille baisers sur ta peau
Faire courir mes doigts sur ton corps
Faire naître de tout petits frissons
Par mon souffle dans ton cou.

Masser tes épaules pour te détendre
Poser mes lèvres dans ton dos
Et m'enivrer de ton odeur.

Pose ta tête sur mes genoux
Que je caresse ton beau visage
Laisse ma main descendre sur ton torse
Pour en apprécier sa douceur, sa chaleur.

Ralentis ton rythme cardiaque
Endors-toi sous mes doigts
Ne t'en fais pas, quand il le faudra
Tendrement, je saurai te réveiller…

Différence – Intolérance

Deux yeux, deux bras
Deux jambes, des cheveux
Tu vois je suis comme toi
Pourtant toi
Tu ne vois que cette différence.
J'ai comme toi
Un cœur qui bat
J'ai comme toi
Des rêves plein la tête
Je ne suis pas meilleur
Pas pire que toi d'ailleurs.
Finalement, à tes yeux
Je n'ai qu'un seul tort
Aimer et préférer les gens
De même sexe que moi.
Là, tu sors ta carte Intolérance
Tu ne veux pas chercher à savoir
Tu ne veux même pas juste écouter
Mes arguments, mes sentiments
Tout ce qui fait que je sois ainsi.
Ma différence te dégoûte.
Ton intolérance me blesse.
Je ne te demande pas de me comprendre,
Je voudrais que tu m'acceptes.
Je ne te demande pas de m'approuver,
Je te demande seulement de me tolérer.

L'amour comme le vent

L'amour c'est comme le vent.
Il souffle sur nos vies,
Parfois bise, parfois ouragan,
Et souvent il est de folie.

Alors soudain tout tourbillonne :
La tête, le cœur et le corps.
Il veut que tout, tu lui donnes
Et toi, forcément, tu en demandes encore.

L'amour comme le vent parfois s'apaise,
Se calme, pour de plus belle, repartir.
Il est comme le feu que l'on voit mourir
Et qu'un souffle de vent en ravive les braises.

Je t'aime lorsque, comme le vent,
Tu ébouriffes mes cheveux
De tes doigts impatients
À me découvrir encore mieux.

Comme j'aime ce souffle sur moi
Celui-là même que tu me donnes
Pour qu'enfin contre toi,
Alors, je frissonne.

Un Ange Déchu

L'Ange a perdu ses ailes
Il est redevenu Homme
Il est redevenu humain
Ses vilains actes le rattrapent

Sa gentillesse s'est envolée
Il a perdu la parole
Ou il ne sait plus comment avouer
Qu'il n'existait pas
Qu'il n'était que du vent

Un doux vent de folie
Qui souffle au hasard
Prend quelqu'un au piège
Joue avec lui
Se joue d'éventuels sentiments
Qu'il se plaît à faire naître

Puis quand il en a assez
Il stoppe le jeu et disparaît
Parce que lui, l'Ange, il jouait

Il va chercher quelqu'un d'autre
Qui se fera à son tour piéger
Qui lui redonnera des ailes
Et tout pourra recommencer

Il l'aimait

Il l'aimait.
Il aimait la tristesse de son regard
Il aimait quand il y lisait son désespoir
Sa peine. Sa mélancolie le touchait.

Il aurait voulu la consoler
Ôter de ses yeux cette peur voilée
Cette timidité à peine dévoilée
Qui la retenait de vivre en entier.

Elle souriait pourtant, parfois
Mais ses lèvres seules s'arrondissaient.
Son regard restait tel qu'il le connaissait
Triste, beau, emprunt de délicatesse.

D'où lui venait cette permanente tristesse,
Ce besoin d'être rassurée sans cesse,
Cette peur des apparences trompeuses ?

D'une enfance malheureuse ?
D'une enfance solitaire ?

Il ne saurait le dire.
Elle ne se confiait jamais.
Et pourtant il l'aimait.
Plus qu'il ne saurait lui dire.

Le Temps

Parfois il traîne en longueur
Parfois on voudrait le tuer
Parfois il file comme l'éclair
Parfois on n'en a pas assez.

Pourtant, il passe toujours à la même vitesse
Il est toujours d'une durée constante.
Une minute dure toujours soixante secondes
Et les heures ont toujours soixante minutes…

Tantôt on le perd,
Tantôt on le cherche,
Et une fois qu'on le trouve
On voudrait pouvoir l'arrêter.

Mais souvent on lui court après
Tout en sachant que jamais
On ne pourra le rattraper.

La Page Blanche

Un stylo,
Une page blanche.

Obstinément blanche !!!

Rien ne sort
De ton cerveau vide de mots.

Que faire ?
Qu'écrire lorsque rien ne nous passe par la tête ?

Alors on attend.
On fixe cette page blanche
Pensant qu'elle va nous apporter
Juste par ce dur regard dardé sur elle
L'inspiration que l'on cherche en vain.

On fixe le vide,
Mais le vide ne remplit pas
Cette page qui reste blanche.

Obstinément blanche !!!

Paroles, paroles…

Souviens-toi, tu m'avais dit :
« L'amour que j'ai pour toi
Jamais ne se brisera. ».
Tu me l'avais promis !

Notre amour à tout devait résister
Personne ne pouvait nous séparer
Nous empêcher de nous aimer
Et pourtant, aujourd'hui tout est terminé.

Des mauvaises langues nous avaient dit
« Vous ensemble, cela ne durera pas
Nous ferons tout pour cela. »
Pourquoi donc ont-elles réussi ?

Jamais je ne leur pardonnerai
Tout le mal qu'ils nous ont fait,
Ils n'ont pas vu comme l'on s'aimait
Du moins, c'est ce que je pensais.

Nous ne sommes plus que des amis
Et tu ne veux pas croire
Que ma vie est à présent toute noire
Depuis que ton amour s'est enfui.

L'attente

Il y a tant de choses dans ce mot
Il y a tant de rêves, tant d'espoir,
Tant de souffrance, d'inquiétude…
Tellement d'émotion dans ce simple mot.

Attendre.

Une minute, une heure, un jour.

Attendre avec la sourde angoisse
De la déception.

Attendre la peur au ventre
Attendre pour rien parfois
Attendre et perdre son temps
Mais attendre quand même.

Attendre la bonne nouvelle
Qui fera battre le cœur
Ou attendre la mauvaise
Qui le fera se briser

Attendre,

Parce qu'au bout de l'attente
Il y a la désillusion
Ou la satisfaction
De l'Attente.

Insouciance

Je voudrais retrouver l'innocence
Peut-être retomber en enfance
Retrouver l'insouciance de ces années
Où la vie ne se résume qu'à rire et s'amuser.

J'en changerais quelques paramètres
Pour dans ma tête ne mettre
Que des souvenirs joyeux
De ce temps, logiquement, heureux.

Une belle enfance
Une belle adolescence
Pour que ma vie de maintenant
Me soit plus agréable qu'à présent.

Apparence Physique

Un jour, tu m'as demandé d'être ton amie
Sur ce réseau social si connu.
J'ai accepté.

Jour après jour, nous avons discuté
Rit sans arrière-pensée.
Aux rires ont succédé des fous rires
Bref, que du bonheur !

Puis, à ta demande
Je t'ai posté une photo de moi.
Là, horreur !
Je n'ai pas compris.
D'un « clic » tu m'as supprimée.

Parce que tes yeux n'ont pas supporté
L'image que de bon cœur, je t'offrais.
Je n'étais pas comme tu te l'imaginais.

Tu me voyais sûrement dans un corps parfait
Alors, forcément, tu ne m'as plus aimée.
Tu as oublié tous nos mots et nos fous rires
Relégués pour toi au rang de souvenirs.

Pas un instant, tu ne t'es demandé
Ce que je pourrais bien ressentir.
En une seconde, tu m'as oubliée ;
Moi, avec d'autres, j'essaie de guérir…

Fragile

Je crois que je ne comprendrai jamais
La propension qu'ont certaines personnes
À donner, puis à reprendre si facilement.

Comme si, pour elles, l'amitié
Ce n'était qu'un divertissement

Comme si les gens n'étaient que des objets,
Sans cœur, sans âme, sans sentiment.

Ou alors, c'est que je les attire,
Ce doit être écrit sur mon front
En grosses lettres : Fragile

Isa, ma sœur de cœur

Tu supportes tous mes états d'âme,
Mes pleurs ne te font pas fuir,
Tu trouves toujours les mots qu'il faut
Pour me rassurer, ou pour me protéger.

Tu es la sœur que je n'ai pas.
L'âge dicte l'ordre de grandeur
Mais souvent de Petite Sœur
Tu deviens plus grande que moi.

Tu le sais, je n'aime pas déranger,
Ennuyer les autres avec mes problèmes
Pourtant, à toi, je peux tout confier.
Tu connais tout, de mes joies à mes peines.

On ne sait pas pourquoi
Cela s'est trouvé comme ça
Peut-être juste parce que c'est Toi
Et que je t'aime, ma petite Isa.

Être un enfant

J'aimerais être un enfant qui naît
Pour être innocent de la folie du monde
Pour avoir tout à apprendre, et vivre
Sans me poser jamais le moindre souci.

J'aimerais être un enfant qui paraît
Pour découvrir le tonnerre qui gronde
Sans savoir que ce beau ciel qui vibre
Peut, quelquefois, des gens ôter la vie.

J'aimerais être un enfant qui vient
Pour regarder le monde avec des yeux ronds
Et essayer de comprendre le pourquoi
De certaines actions qui font tant de mal.

J'aimerais que cet enfant soit le mien
Et qu'il me dise, innocent de toute façon
Que la vie ne vaut sûrement pas
Que l'on se torture pour n'avoir plus mal.

À cet enfant qui arrivera un jour
J'aimerais pouvoir encore dire
Que la vie est belle à vivre
Et qu'il faut que de cela il soit sûr.

Souvenirs

Un moment de tristesse,
Un soir de mélancolie
Et d'un coup réapparaissent
Les souvenirs de notre vie.

Les mauvais et les bons
Ils arrivent tous en pagaille.
Si le souvenir est long,
L'esprit alors s'encanaille.

On revoit une chose
Et l'on rêve parfois
Que bien d'autres choses
S'ajoutent à celle-là.

Pourquoi reviennent-ils là
Quand on n'en veut pas
Et que l'on ne doit surtout pas
Repenser à tout cela ?

Tels sont les souvenirs
Eux qui souvent nous font dire
Que « de souvenirs en souvenirs,
L'amour, ça ne veut pas mourir »

Pensées du soir

Sourire
Encore et toujours
Quoi qu'il arrive
Bon ou mauvais
Possible ?

Pleurer serait plus juste
Pleurer soulage
De cette douleur forte
Qu'est parfois le manque

L'absence, physique ou morale
De cette personne tant aimée
Qui elle seule a le pouvoir
De te faire rire ou pleurer

Presque à volonté
Parfois malgré elle
Et souvent malgré toi

L'oubli

Quand tu seras loin, là-bas
Penseras-tu encore à moi ?
Au début peut-être un peu
Puis le temps va faire son œuvre.

Tu vas m'oublier !

Un jour, sans doute tu repenseras à moi.
Quand tu entendras mon prénom
Et alors tu te diras certainement

« Il est bien loin le temps
Où je rêvais de ses bras,
Où je vibrais sous ses doigts,
Où je me languissais de sa voix »

Puis encore, tu vas m'oublier !

Il ne te restera de moi
Que mon prénom, un surnom,
Peut-être quelques photos…
Des morceaux de moi.

Puis un jour… Plus rien !

Un matin

Un matin, elle est partie
Sans dire Au Revoir
Sans même un regard
Elle est sortie de sa vie.

Pourtant il l'aimait
Il le lui disait
Elle aussi le lui disait
Il pensait que cela durerait.

Il n'a pas voulu la supplier
D'ailleurs, que lui aurait-il dit ?
Qu'il fallait qu'elle reste ici ?
Que sans elle il allait sombrer ?

Non, il l'a laissée partir
Sans chercher à la retenir
Son bonheur n'était plus avec lui
Alors il la laissait aller son chemin.

Il ne regrette rien,
Il ne pleure pas.
Il ne répondra même pas
À son ultime signe de la main.

Fermer les yeux

Fermer les yeux pour ne plus les rouvrir
Partir comme cela, en laissant là mes soucis
Fermer les yeux et ne plus penser à toi
Partir comme ça, plus de mensonge, plus de haine

Je veux partir pour ne pas te haïr
Ne pas regretter de t'avoir donné
Cette partie de moi que tu viens de briser
Parce que pour toi je refuse de changer.

Fermer les yeux et ne plus pleurer
Fermer les yeux pour ne pas regretter
Tous les « je t'aime » que je t'ai donnés
Toi qui finalement ne voulais que mon corps

Fermer les yeux et ne pas les rouvrir
Pardon enfants et amis, il vient de me détruire…

De bien belles choses

Il nous est donné tant de belles choses à regarder
Que nos yeux ne savent plus dans quelle direction aller
Des couleurs du ciel au vert des feuillages des arbres
Peut-on devant toutes ces merveilles rester de marbre ?

Observer cette nature que l'on nous a donnée
Plutôt qu'essayer de la détruire ou de la cacher
Par ces constructions toujours plus bétonnées
Serait bien rendre hommage à ce qui a été créé.

Admire le soleil qui se couche dans la mer
Observe un vol d'étourneaux effrayés dans le ciel
Vois la palette de couleurs dans les feuilles d'automne
Et ensuite, ose me dire que la vie est monotone.

À qui veut se donner la peine de voir
La vie offre de bien belles choses.
Une des plus belles pour mon regard
Serait bien entendu un bouquet de Roses.

Tout a une fin

C'était ton Ami
Il a décidé un jour
De faire le vide
Autour de lui.

Il t'a exclu de sa vie
Sans aucune explication
Et tu n'as pas compris
La fin de votre relation.

Oh, il ne te reproche rien,
Il ne veut juste plus te parler,
Il dit que c'est mieux pour lui.

Et toi, tu te demandes bien
Ce qui a pu se passer
Pour qu'il agisse ainsi.

Il a tiré un trait sur votre Amitié
Il te faut maintenant l'oublier
Et à présent faire le deuil de celui
Que tu aimais avoir comme Ami.

Son regard

Il lui manque son regard.
Il peut tout imaginer
Tout recréer par ses souvenirs.

La douceur de ses baisers,
La chaleur de ses doigts,
Et le son de sa voix,
Mais il lui manque son regard.

Il n'arrive pas à retrouver les cieux.
Son intensité posée sur lui.
Le changement dans ses yeux
Il ne le sent plus sur lui.

Il voudrait sentir l'étincelle
Que le désir allumait pour elle,
Voudrait encore les voir se troubler
Et de plaisir, les revoir se fermer.

Il avait tout gâché avec elle
Il se le reprochait amèrement, hagard
Il pleurait désormais en pensant à celle
Dont il aimait passionnément le regard

L'eau

Il faut faire attention à elle
Qui est si précieuse à nos vies
Prendre soin de l'eau qui ruisselle
Ne plus maudire les jours de pluie.

Regardons les enfants du Sahel
Et leurs yeux tournés vers le ciel
Ils prient tellement pour que l'eau
Tombe sur leur Terre tel un cadeau.

Nous avons tous grand besoin de cette eau pure
Qui fait pousser les fruits que nous mangeons,
Dans laquelle, l'été, alors, nous nous baignons,
Et qui l'hiver nous donne les engelures.

Prenons garde à ne jamais plus gâcher
Dans aucun de nos gestes quotidiens
L'eau si précieuse qui nous est donnée
Pour qu'elle soit là dans tous nos lendemains.

Deuxième partie

LES NOUVELLES

La Chrysalide

Enfin !!!

Elle était là, devant lui.

Et elle était belle, si belle toujours…

Enfin, c'était plutôt son image qu'il contemplait depuis de longues minutes…

Magique Internet ! Merci à ces nouvelles technologies qui rapprochent les êtres éloignés.

Dix ans envolés d'un simple « clic » sur la souris de son ordinateur.

Dix ans de vaines recherches soudainement balayées par sa connexion de ce matin.

Il n'avait eu qu'hier, cette idée de la rechercher sur ce réseau social. Quel plaisir que de taper son nom, son prénom…

Oh ! Il ne l'avait pas de suite trouvée, elle s'était mariée, il le savait. Elle n'avait donc pas gardé son nom de jeune fille. Alors il avait entré d'autres éléments dans le moteur de recherche, des éléments de leur jeunesse, qu'eux seuls pouvaient connaître, comme le nom de leur ville… et l'ordinateur avait fait son office : il l'avait retrouvée.

Il y avait sur sa fiche : son nom ; son prénom ; sa date de naissance ; quelques photos d'elle ; de ses enfants, et de ces papillons qu'elle affectionnait tant.

Et tout en bas, une adresse mail…

Maintenant, il fallait qu'il ose ; qu'il trouve le courage de la contacter, de renouer le contact perdu depuis toutes ces années.

Presque trente ans !!!

Lui aussi s'était marié, lui aussi avait eu des enfants.

Mais il ne l'avait jamais tout à fait oubliée.

Il l'avait juste reléguée dans un coin de sa tête, de son cœur…

Qu'en était-il pour elle ?

L'avait-elle oublié, ou juste rangé dans ses souvenirs ?

Voudrait-elle seulement se souvenir de lui, d'eux ?…

Il n'y avait qu'elle pour répondre à ces questions.

Comment l'aborder après toutes ces années ?

Faire comme si de rien n'était et envoyer juste un « Bonjour » « Comment vas-tu ? », comme on prendrait des nouvelles d'une amie perdue de vue depuis longtemps.

Ou allait-il lui poster un mail un peu plus personnel, dans le genre « Les souvenirs qui me ramènent à toi sont toujours aussi présents et aussi plaisants… » ?

Il posa à nouveau son regard sur cette photo d'elle.

Elle avait à peine changé, son sourire était toujours aussi éclatant.

* * * * * * * * * *

Sept heures venaient de s'afficher sur son radio-réveil. Elle se levait toujours à cette heure-là.

Elle ne commençait son travail qu'à neuf heures mais elle aimait se lever tôt.

Ainsi, elle avait du temps. Elle ne courait pas dès le réveil comme la plupart de ses collègues qui arrivaient essoufflées et rouges pour embaucher presque à l'heure.

Elle sourit à cette image.

Non, elle, elle prenait tout son temps pour s'occuper d'elle, pour déjeuner tranquillement d'un café et d'un bol de céréales.

Ensuite, douchée et rassasiée, elle faisait toujours un petit coucou à ses amies du Net, ce réseau d'amitié solide qu'elle avait tissé avec certaines personnes qui l'aidaient à mieux supporter son quotidien si morne, si routinier…

Internet, c'était sa petite bouffée d'oxygène, sa bouffée de vie.

Elle s'installa donc devant son ordinateur et ouvrit d'abord sa boîte mails.

Elle commença par la nettoyer de toutes les publicités et de tous les messages inintéressants qu'elle contenait avant de se pencher sur les autres.

Elle fit les réponses aux messages de ses amies avant de voir LE mail.

Elle cligna les yeux plusieurs fois en lisant le nom de l'expéditeur. Non, ce n'était pas possible que ce soit ça. Elle devait mal voir.

Avant d'ouvrir le mail, elle alla se chercher une seconde tasse de café.

Elle hésita avant de cliquer. Ce n'était pas possible que ce fut lui. Il s'agissait certainement d'un homonyme, comme cela arrivait souvent. Des tas de gens portaient le même nom…

Elle regarda sa montre. Il lui restait du temps avant de partir travailler pourtant elle ne se décidait pas à ouvrir ce fichu mail.

Elle ferma son ordinateur portable d'un coup sec ! Cela attendrait ce soir.

Elle y verrait plus clair… En elle surtout.

Lire le nom de l'expéditeur l'avait quelque peu remuée. Plus qu'elle ne l'aurait pensé d'ailleurs, elle devait bien se l'avouer.

Si c'était bien lui, car elle avait encore du mal à y croire. Il aurait retrouvé sa trace après toutes ces années… Mentalement, elle compta presque trente ans. Vingt-six ans exactement.

Elle termina son café et se leva mettre sa tasse dans le lave-vaisselle. Elle eut un dernier regard pour son ordinateur. Oui… ? Non… ?

NON ! Cela attendra le soir.

Elle serait plus encline à laisser aller ses souvenirs.

Elle enfila sa veste, prit son sac et sortit de l'appartement.

****

« Crois-tu que le temps qui nous a si longtemps séparés peut se faire pardonner du mal qu'il nous a fait en nous réunissant de nouveau ? »

Il avait mis du temps à trouver cette phrase mais elle résumait assez bien tout ce qu'il voulait lui dire.

Restait à attendre une éventuelle réponse.

Déjà deux jours et pas de nouvelle de son

interlocutrice, mais bon… il serait patient. Puis, s'il n'avait pas de réponse…

Il soupira à cette idée. Il était optimiste, elle répondrait. Il ne savait pas quoi, n'osait espérer le meilleur, mais elle répondrait.

* * * * * * * * *

Quatre jours !

Déjà quatre jours et quatre nuits.

Elle y pensait sans arrêt.

Ce mail… Elle l'avait tellement lu et relu qu'elle le connaissait par cœur.

Dans sa tête, elle y avait répondu mille fois au moins. De toutes les réponses possibles.

Devant son ordinateur, devant ce mail auquel elle devait juste « Répondre », elle cherchait ses mots, se troublait dès qu'elle écrivait.

Ce mail… Il remuait tant de choses en elle.

Un coup de poing au ventre.

Une claque en pleine tête.

Des souvenirs heureux qui lui revenaient en mémoire, qui refaisaient surface, sortis d'on ne sait où.

Où avait-elle enfoui si longtemps ces rires, ce bonheur qu'ils avaient connu ensemble ?

Jamais, depuis qu'ils s'étaient séparés, jamais elle

n'avait repensé à lui.

Enfin, si, de temps à autre, comme on se souvient d'un morceau de jeunesse, sans regret, sans mélancolie, juste un souvenir heureux faisant partie du passé.

Et là…

Toutes ces émotions rejaillissaient intactes, comme si les années passées n'existaient plus, comme si c'était hier qu'ils s'étaient quittés.

Elle se décida ce matin-là à lui répondre enfin.

« Si avec les années tes souvenirs ne sont pas morts, alors oui, je crois que le temps peut essayer de se faire pardonner pour la longue séparation qu'il nous a infligée ».

Et elle signa du surnom affectueux dont il l'avait baptisée : La Gamine.

Si ce n'était pas lui, il ne comprendrait pas. Mais si c'était bien lui…

* * * * * * * * * *

Quelques échanges de mails, et quelques semaines plus tard, ils se contactèrent par téléphone.

L'émotion dans leur voix était palpable lorsqu'ils se parlaient.

Leurs yeux pétillaient de se savoir ensemble de nouveau, juste séparés par ces quelques kilomètres.

Lui au bord de la mer, elle en pleine

montagne…

Ils passèrent de longues heures, tantôt le jour, tantôt la nuit, à se raconter leurs vies.

Presque trente ans à rattraper, cela en faisait des coups de fil à donner et à recevoir.

« Faut qu'on se voie »

Qui des deux avait prononcé cette phrase en premier ? Ils ne le savaient plus tant leur désir de retrouvailles était fort, tant il était mutuel aussi.

Une évidence !

« Choupette », son surnom à lui, devait retrouver sa « Gamine ».

Il fut donc décidé que ce serait elle qui descendrait le voir au bord de la mer.

Elle avait justement une semaine de congés à poser avant de perdre ses jours, alors c'était plus simple. Lui ne travaillait déjà plus… petit privilège de leur différence d'âge.

* * * * * * * * * *

Elle boucla une petite valise, expliqua à sa fille de treize ans, qui vivait avec elle depuis son divorce trois ans plus tôt, qu'elles allaient passer une semaine au bord de l'eau chez un ami de longue date.

Forcément, elle posa des questions, sa fille.

Un « ami de longue date » dont elle n'avait jamais entendu parler, étrange non ?

Alors La Gamine raconta.

Sans rien cacher à sa fille si proche d'elle, que déjà, elle comprenait l'importance de cet ami, de ce Choupette qu'elle apprenait à connaître et à apprécier grâce au récit de sa mère.

Elle raconta ses souvenirs, leurs souvenirs communs, leur rupture, l'oubli…

Elle raconta ce mail qui l'avait tant troublée.

Ce mail qui avait déverrouillé cet endroit de sa mémoire où ils étaient rangés.

Elle ne lui cacha rien de ses émotions contradictoires, de ses doutes aussi quant à leurs retrouvailles prochaines… Elle ne lui cacha rien de leurs conversations téléphoniques longues, si longues…

À la fin, La Gamine, vidée de toute parole, demanda juste : « Alors, t'en penses quoi ? »

La fillette, presque une jeune fille de par sa maturité, regarda intensément sa mère dans les yeux.

– Tu sais, Maman, le Bonheur, il ne frappe que rarement deux fois à la même porte. Alors, qu'est-ce qu'on attend pour partir dans ce Sud (où nous allons être si heureux) toi, moi et Lui ?

La Gamine pleura, serra sa fille dans ses bras, très fort, et lui répondit que oui, elles allaient être heureuses…

* * * * * * * * *

Choupette et sa Gamine vivent aujourd'hui dans le Sud, heureux avec chacun une fille, qui s'entendent comme larrons en foire.

Ils forment tous les quatre une jolie famille recomposée.

Quand parfois un papillon vient se poser non loin d'eux, ils se regardent et se sourient.

Eux aussi, ils sont sortis de leur chrysalide. Ils auront mis presque trente ans à vivre dans un cocon, chacun de leur côté.

Mais qu'est-ce donc que trente années à s'attendre, comparées à l'éternité d'amour qui les attendait…

* * * * * * * * *

Il n'y a volontairement aucun prénom dans cette histoire pour que chacun puisse y mettre le sien.

Les inspirateurs de cette nouvelle se reconnaîtront.

Juillet – août 2013

Pour N. et A.

Lucinda

La nuit était tombée depuis deux bonnes heures. Une nuit sans lune, idéale.

Il se posta devant la fenêtre de sa chambre à coucher.

Personne ne traînait dans les rues. Tant mieux. Il n'y aurait de ce fait aucun bruit, aucun mouvement pour le distraire.

Cette nuit allait être la sienne, la leur.

Il regarda de nouveau l'heure à la montre à quartz de son poignet.

23 h 26. Encore trois heures à attendre et elle serait là.

Comme toutes les nuits.

Mais plus belle encore que d'habitude.

Elle.

SON ÉTOILE.

L'astre de ses nuits.

Cela faisait maintenant un peu plus de quatre mois qu'il la voyait toutes les nuits. Et toutes les nuits, il la trouvait de plus en plus belle.

D'un regard rapide, il s'assura que le ciel restait dégagé de tout nuage.

Il ne fallait surtout pas qu'il pleuve ; il ne la verrait pas sinon.

Il alluma une cigarette, plus histoire de tuer le temps que par besoin… Mais que le temps passait lentement quand on attendait comme lui, si impatiemment…

Il quitta son poste d'observation.

Finalement, il alla se préparer un petit en-cas. La nuit risquait d'être longue.

Il se fit une omelette aux fines herbes, se versa ensuite un verre de vin rouge, mit le tout sur un plateau, se coupa un morceau de pain, de fromage. Une pomme compléta ce frugal repas.

Il porta le tout sur la petite table basse du salon et alluma la télé.

Après avoir zappé sur diverses chaînes, il arrêta son choix sur un film policier. C'était un téléfilm qu'il avait déjà vu mais le revoir l'empêcherait de regarder l'heure à sa montre toutes les deux secondes.

L'intrigue le maintiendrait éveillé jusqu'à l'heure de son « rendez-vous ». Ce serait bien suffisant pour ne pas la rater, sa belle apparition…

À 2 heures du matin, il regagna sa chambre et vérifia son matériel.

La lunette était bien propre, aucune poussière ne subsistait sur la lentille.

Il ajusta le viseur dans le ciel qui commençait à s'étoiler lentement. Elle allait bientôt arriver.

Il était vraiment fin prêt.

Il approcha sa chaise de son télescope, s'y assit et attendit.

Elle n'allait pas tarder.

Elle était déjà là bien sûr, mais elle ne brillait pas encore assez pour être vue de la Terre.

Il regarda de nouveau sa montre.

Bientôt.

Très bientôt.

La voilà !!! Elle était enfin là, plus brillante, plus scintillante que jamais.

SON ÉTOILE !!!

Une belle étoile, obtenue grâce à un site internet dédié à l'astronomie. Un site vraiment sérieux.

Il avait cliqué par hasard sur le site et avait découvert une mine de renseignement sur le ciel, les astres et les galaxies.

Le mémoire qu'il devait alors rédiger sur la formation de la Terre en tant que Planète exigeait des éléments très précis, des photos réalistes de ce fameux Bing Bang que certains physiciens dénonçaient.

Ce site était très bien documenté et son mémoire y gagnait en précisions.

Il avait repéré cette étoile qui ne figurait pas sur leur carte du ciel. Après en avoir pris toutes les mesures, toutes les coordonnées géographiques, il les avait envoyées aux administrateurs du site, sans grand espoir que cela les intéresse.

Leur réponse n'avait pas tardé. Ils avaient réactualisé toutes leurs cartes et l'avaient remercié en lui proposant de donner son nom à cette nouvelle étoile. Mais appeler une étoile Benjamin, ou même Benji ne lui avait pas bien plu.

Il avait donc refusé. Le nom, pas l'étoile.

Son étoile s'appellerait Lucinda.

Il ne savait pas pourquoi, mais ce prénom lui plaisait. Sans qu'il ne connaisse aucune fille de ce nom. Et c'est pour cela que cette étoile se prénommait ainsi. Aucune comparaison possible avec qui que ce soit.

Cette nuit, c'était « La nuit des Étoiles ».

Une fois par an, des milliers d'étoiles filantes

dans le ciel. C'est pour cette raison que le ciel devait rester absolument clair et sans nuage.

Il voulait vérifier sa théorie. Il pensait que Lucinda était une de ces étoiles qui allaient tomber ce soir. Selon lui, c'était la seule explication au fait qu'elle soit apparue soudain dans son ciel il y a quatre mois. Il l'aurait repérée bien avant sinon.

À cause de son mémoire, il y avait maintenant une année qu'il scrutait le ciel toutes les nuits. Et avant cette fameuse nuit de mars, il ne l'avait jamais vue. C'est pour cela qu'il avait consulté le site, pour vérifier ses connaissances sur les vues du ciel de son département.

Enfin, elle brilla plus fort dans le ciel. L'œil vissé à son télescope, Benjamin ne la lâchait pas du regard.

Comme il l'avait prévu, elle brillait comme jamais. Ce qui confortait son sentiment qu'elle allait disparaître ce soir.

En effet, sa luminosité faiblit lentement, mais irrémédiablement. Quatre heures plus tard, à 6 h 15, Lucinda s'était éteinte définitivement.

Lucinda n'était pas une étoile filante. C'était une éphémère.

Belle mais éphémère.

Benjamin devait rendre son mémoire dans deux semaines. Il espérait bien sûr, avoir une bonne note, mais soudain, cela n'était plus si important.

Grâce à ce mémoire, il avait découvert Lucinda.

Et cette étoile, SON ÉTOILE, venait de lui faire vivre la plus belle nuit de sa vie.

L'Escapade

D'un geste, il éteignit la radio.

Il avait soudain envie de silence.

Cela faisait maintenant deux heures qu'il roulait, sans bien savoir où il allait.

Il n'avait pas de but précis, juste l'envie de partir, de se retrouver ailleurs.

Soudain, une évidence.

Il allait continuer ainsi jusqu'à la mer, l'océan avait toujours eu le don de l'apaiser.

Le ressac des vagues sur la plage de sable le calmerait, lui redonnerait l'assurance qui lui manquait ces derniers temps.

Un panneau indiquait une sortie pour Saint Malo.

Il mit son clignotant, changea de file.

Il connaissait de nom la ville et ses fameux remparts classés Monuments Historiques depuis 1921 mais il n'avait jamais eu l'occasion de s'y rendre.

Ce serait ainsi chose faite.

L'escapade qu'il avait voulue lui servirait au moins à découvrir un nouvel endroit.

Après plusieurs tours et détours sinueux dans la cité fortifiée, il se gara sur le parking d'une place commerçante. Il y avait là une boulangerie, un café, un tabac presse et un fleuriste. Un restaurant avec vue sur la mer et la plage en contrebas.

Il sortit de sa voiture, alluma une cigarette, descendit les quelques marches qui le mèneraient sur le sable.

Arrivé sur la dernière marche, il s'y assit.

Il savoura sa Marlboro en se disant une fois de plus qu'il faudrait bien qu'il essaie d'arrêter un jour, puis il ôta ses mocassins noirs et ses chaussettes qu'il fourra en boule dans une poche de son jean. Il retroussa le bas de son pantalon jusqu'au mollet et se releva.

Debout face à cette plage, il se dit que l'eau ne devrait pas être trop froide. Nous étions quand même fin mai. Il ne faisait certes pas une grosse chaleur mais le temps était clair. Et le soleil était agréable lorsqu'il daignait sortir de derrière les nuages.

Il sourit en apercevant un couple de personnes

âgées assis sur un banc.

Il commença sa promenade. En passant à leur hauteur, il les salua poliment d'un signe de tête et ils lui répondirent par un sourire.

L'air iodé lui faisait du bien. Il leur tourna le dos et se dirigea d'un pas décidé vers le bord de l'eau. Il goûta celle-ci d'un orteil timide, laissa une vague lui lécher le pied droit avant d'y mettre le gauche. Non, vraiment, l'eau n'était pas froide, il y aurait bien fait quelques longueurs de crawl. Il se dit que la prochaine fois qu'il déciderait de partir sur un coup de tête, il faudrait qu'il se prévoie un petit sac avec maillot de bain, serviette et tenue de rechange.

Il sourit à cette idée.

Comme si on se préparait un sac de voyage quand on décidait de fuir pour quelques heures un quotidien trop pesant.

Il regarda l'heure sur son téléphone portable, y vit cinq appels en absence et trois messages. Il ne voulut pas savoir de qui provenaient ces appels. Aujourd'hui, il n'y était pour personne. Demain, il serait bien temps d'y répondre.

Il fit encore quelques pas les pieds dans l'eau puis remonta lentement vers le restaurant à quelques mètres de là. Un bon déjeuner face à la mer lui ferait le plus grand bien, l'aiderait à y voir plus clair dans sa tête.

Il s'appelle Rémi. Il a eu 36 ans le mois dernier.

Célibataire sans enfant, il travaille en tant que vendeur dans une grande surface spécialisée dans le bricolage.

Hier soir, dans le calme feutré de son appartement, il a eu cette idée folle de son escapade d'aujourd'hui.

Mathilde, sa petite amie, venait de lui annoncer par téléphone qu'elle souhaitait rompre. Comme ça, sans raison particulière, sans rancune, sans formuler aucun reproche. Juste comme ça.

Il y avait pensé toute la soirée. Abasourdi dans un premier temps, un peu triste dans un second, il s'était dit que finalement, il aurait pu s'y attendre.

Depuis quelques semaines déjà, il avait remarqué un changement dans l'attitude de son amie. Elle ne semblait plus si heureuse à ses côtés et, il devait bien se l'avouer, lui non plus n'était plus aussi bien avec elle.

C'était presque content qu'il était parti se coucher, tard dans la nuit.

Assis à une table en terrasse, Rémi se dit que c'était mieux comme ça. Elle avait pris la bonne décision de le quitter avant que leurs promesses ne les lient trop. Quant à lui, il se félicita de n'avoir pas cédé à la tentation de la voir s'installer chez lui.

La serveuse qui vint prendre sa commande avait

de jolis yeux. Verts. Une jolie démarche aussi. Un beau brin de fille… Il n'y avait pas encore beaucoup de monde et lorsqu'elle lui apporta son plateau de fruits de mer, il entama la discussion en lui demandant si elle était du coin et si elle pouvait lui donner quelques conseils pour ne rien rater de sa visite des lieux. Entre deux tables à servir, elle revint régulièrement le voir et leur conversation prit peu à peu une tournure plus chaleureuse, presque plus personnelle.

Après une crème brûlée, il l'invita même à prendre un café avec lui, ce qu'elle accepta volontiers car la terrasse s'était vidée de ses derniers clients. Ils évoquèrent alors leurs vies privées respectives et il apprit ainsi qu'elle était célibataire, et élevait seule son petit garçon de 5 ans. Sur la photo qu'elle lui montra, il put constater qu'il avait les mêmes jolis yeux verts que sa maman.

Avec l'addition, Julie, puisque tel était son prénom, lui glissa une carte de visite du restaurant avec son numéro de téléphone, au cas où…

Il était presque 15 heures lorsque Rémi partit enfin à la découverte de Saint Malo. Il choisit de visiter la ville à pieds. Pour prendre le temps de flâner, et de découvrir toutes ses rues et ruelles dissimulées derrière les 1 754 mètres de ses remparts datant du XIIe siècle.

Quatre heures plus tard, il termina son périple par une halte dans le petit café qui bordait la place où il avait garé sa voiture le matin même. Un bon café bien chaud avant de reprendre la route. Voilà qui clôturerait cette journée parfaite.

Demain, il reprendrait son costume de vendeur en bricolage, son sourire avenant, parfois forcé mais toujours poli.

Demain, il reprendrait sa vie, son quotidien. Avec un poids en moins.

Et il se promit que, bientôt, il se referait une journée comme celle qu'il venait de s'octroyer.

Ici ou ailleurs, plutôt ici d'ailleurs, histoire de retrouver la jolie serveuse qui souhaitait certainement le revoir un jour, s'il comprenait bien le message qu'elle voulait lui faire passer en lui laissant ses coordonnées téléphoniques.

Saint Malo - juillet 2014

Magie d'un regard

Il y a des jours où tout se passe comme rien n'est prévu.

Des jours qui changent tout le reste de nos vies sans que l'on ne s'en aperçoive.

Sans même que l'on y pense…

* * * * * * * * * *

Elle n'aimait pas la montagne.

Enfin ce n'est pas tout à fait cela.

Elle n'aimait pas le froid.

La neige, c'est joli, mais quand on est au chaud à l'intérieur, pas quand on est dehors obligé de sortir avec gros pull, doudoune, écharpe, gants et bonnet.

Surtout bonnet. Elle avait horreur d'avoir quelque chose sur la tête. Les bonnets et les parapluies, c'était certes pratique mais elle n'aimait pas ça.

Et là, avec le froid qu'il faisait ce matin dans la station de ski où son amie l'avait invitée, le bonnet était juste obligatoire si on tenait un tant soit peu à ses oreilles.

Par quel caprice du destin elle avait décidé de sortir ce matin-là et de mettre cet accoutrement ? Tout ça pour aller chercher des croissants pour son amie, pour la remercier de l'accueillir cette semaine.

« Ça te changera les idées de venir te ressourcer ici, lui avait-elle dit pour finir de la convaincre. Tu vas faire le vide de tes idées noires et repartir avec de belles images de neige dans la tête, tu verras, tu me remercieras. »

Mouais, pour l'instant, elle avait juste hâte de rentrer dans la location au chaud.

Elle ne regardait pas vraiment où elle allait.

* * * * * * * * * *

Il n'avait plus de cigarette.

Il en avait pourtant emporté, mais il ne pensait pas en consommer autant. Il faut dire que le stress qu'il ressentait en ce moment ne l'aidait à lui faire réduire sa consommation journalière. Il n'était pas gros fumeur, mais le travail et la température si basse avaient contribué à ce qu'il tombe en panne ce matin.

Sur la vitrine de son buraliste, l'écriteau « Fermeture annuelle » le contraria. Il n'avait d'autre choix que d'aller chez l'autre buraliste de la station, beaucoup moins aimable que celui-ci.

Le regard droit devant, il faillit ne pas la voir.

Les yeux perdus dans le vide, elle, elle ne le vit pas du tout.

Ils se frôlèrent et elle murmura un vague « Pardon » en le regardant brièvement.

Lui, il ne vit qu'elle !

Il ne vit que son regard lointain… triste lui sembla-t-il.

Il s'en était arrêté de stupeur.

Il s'était fait violence pour ne pas faire demi-tour et lui emboîter le pas pour la suivre.

Un bonnet blanc, une doudoune épaisse noire et une écharpe de couleur crème.

Des yeux noisettes. Sans autre maquillage qu'une tristesse presque palpable.

Il reprit sa route vers son bureau de tabac.

Elle hantait ses pensées. Il voulait la revoir. La connaître. Puis il haussa les épaules.

Ses chances de la revoir étaient bien minces. Il ne savait pas d'où elle venait, ni même si elle était française. La station de ski avait une renommée internationale et nombre d'étrangers venaient y passer les fêtes de fin d'année.

Son paquet de Royale Menthol dans la poche de son anorak noir, il retourna chez lui, enfin plutôt dans la chambre d'hôtel où il résidait pendant encore une semaine.

Il remonta son col : Brrrr quel froid !!!

* * * * * * * * * *

Il ne la revit pas de la semaine. L'avait presque oubliée.

La gare était bondée. Nous étions le 27 décembre et son train avait une heure de retard annoncée.

Il se frayait tant bien que mal un chemin vers le café de la gare pour y commander un café bien chaud lorsque son cœur manqua un battement. Elle était là. Juste à quelques mètres devant lui. Elle tenait un café dans sa main droite et une valise à roulettes dans la main gauche.

Sur sa tête, son bonnet blanc. Il sourit.

Vive le Destin et son train en retard !

Ils allaient se croiser de nouveau. Et là, il n'allait pas la laisser partir sans lui avoir parlé.

C'est lui qui la bouscula. Doucement mais assez fort tout de même pour que son café se renverse sur le sol.

– Vous ne pourriez pas faire attention, non ?

À peine agressive. Mais française, se dit-il. Ouf !

– Pardon, je suis désolé. Laissez-moi vous en offrir un autre. À moins que vous ne soyez pressée.

– Ce n'est rien, répondit-elle en baissant la voix et le regard. J'ai encore le temps de retourner faire la queue. Mon train est en retard…

– Oh, quelle coïncidence ! Le mien aussi. Une heure de retard. J'insiste, laissez-moi vous offrir ce café.

Le sourire de ce charmant inconnu lui fit accepter.

Il trouva même deux places assises dans ce café pourtant bondé et il alla chercher les cafés tandis qu'elle l'attendait avec leurs bagages. Elle ne se souvenait pas qu'il y eût de la place tout à l'heure.

– Deux cafés sans sucre.

Déjà il revenait et prenait place en face d'elle. Que lui dire ?

– Merci… ?

Elle laissa planer le reste de la phrase.

– Pierre, répondit-il en lui tendant son gobelet de café chaud.

– Moi c'est Héléna. Votre train a aussi du retard si j'ai bien compris. Vous remontez sur Paris ?

– Oui. Gare de Lyon. Le train de 20 h 50.

Elle prit une gorgée de café brûlant avant de sourire. Sourire timide mais spontané.

– C'est mon train aussi, reprit-elle plus doucement.

– Heureuse coïncidence, non ?

– Peut-être…

Elle se perdit dans ses pensées. D'un seul coup, il n'existait plus. Et ses yeux se voilèrent. Il eut même l'impression qu'elle refoulait ses larmes. Il respecta ce moment de silence et en profita pour l'observer par-dessus son gobelet.

Elle était légèrement maquillée aujourd'hui. Un trait de Khôl violet et un peu de Mascara sur les cils lui semblait-il. Mais il n'était pas expert. Ses lèvres étaient d'un joli rose pâle mais il n'aurait su dire si c'était dû à une touche de rouge à lèvres ou au froid. De son bonnet, qu'elle n'avait pas enlevé, s'échappaient des cheveux bruns et longs.

– Tout va bien ? demanda-t-il au bout de ce qui lui semblait avoir duré une éternité, qui ne représentait que quelques instants de silence.

– Ça va, répondit-elle en clignant des yeux pour revenir au moment présent. Excusez-moi.

– C'est le retard du train qui vous contrarie ?

Elle posa un regard franc sur lui. Deux yeux bleus qui la dévisageaient avec presque de l'inquiétude. Elle trouva son regard touchant ; ils ne se connaissaient pas et il lui semblait le contraire pourtant.

– Non, c'est la raison de mon retour. Je ne devais rentrer que dans deux jours…

– Ah ! C'est moi qui m'excuse, je ne voulais pas me montrer indiscret.

Le signal strident de la SNCF coupa leur conversation. Instinctivement, les gens autour d'eux arrêtèrent de parler pour tendre l'oreille à l'annonce des haut-parleurs de la gare routière.

« Nous informons les voyageurs du train n° 2706 à destination de Paris Gare de Lyon qu'une avarie sur les voies retarde le départ d'environ deux heures trente. »

Un brouhaha de contestations accueillit cette annonce. Ils eurent du mal à entendre la suite.

« Nous reviendrons vers vous pour vous confirmer le nouvel horaire de votre départ, avec les excuses… bla bla bla… »

Héléna n'écoutait déjà plus. Mentalement, elle comptait l'heure à laquelle elle allait arriver chez elle. Cinq heures du matin ! Trop tard pour le dernier train de banlieue. Elle était bonne pour chercher au mieux un taxi, au pire un hôtel pour passer le reste de la nuit.

Elle revint au moment présent. Et à Pierre, ce charmant jeune homme assis en face d'elle.

– On dirait que ce n'est pas la peine de se presser à boire ce café.

– Oui, en effet. Et mes sandwiches vont attendre un peu. D'ici à ce soir que le train démarre, j'aurai le temps d'aller au resto. Oh mais j'y pense ! Vous voudriez peut-être m'y accompagner ? J'ai toujours eu horreur de manger seul.

De nouveau il lui souriait. Un sourire timide, mais qui se voulait rassurant.

– Pourquoi pas ?

Cela leur permettrait de faire plus ample connaissance, pensa-t-elle.

– On devrait attendre une confirmation de notre retard, reprit Héléna en souriant. Faudrait pas qu'on finisse par le rater.

– Ce serait le comble, en effet.

Ils terminèrent leur café en silence, chacun dans ses pensées.

Pierre se demandait quel restaurant serait le mieux pour eux ce soir. Il ne voulait la brusquer en rien, mais il ne voulait que le meilleur pour elle. Héléna. Joli prénom. Doux. Il lui allait bien.

Héléna, quant à elle, se demandait si elle avait bien fait d'accepter cette invitation. Qu'allait-il penser ? Qu'elle était une conquête facile…

Elle secoua la tête. Tant pis, elle verrait bien lors du repas. Après tout, ils ne se reverraient plus après ce soir, alors, autant profiter de sa charmante compagnie.

Elle se sentit rougir. Heureusement pour elle, Pierre semblait loin dans ses pensées…

Le message de la SNCF confirma le retard de leur train. Deux heures trente de retard. Le message informait aussi les voyageurs de la procédure à suivre pour le compostage des billets et des éventuels remboursements qui leur étaient proposés.

« Tu m'étonnes que je vais demander le remboursement de mon billet !!! »

Pierre donna le signal du départ en se levant.

– Où va-t-on ? dit-elle. Vous connaissez un petit resto sympa ici ?

– Pas du tout. Je ne suis jamais venu. Une première, pour le boulot.

– Ah ! Un séminaire ?

– Non, j'étais en visite chez un nouveau client. Je suis architecte d'intérieur, et j'ai décroché un contrat pour un hôtel de la station.

Héléna eut un sifflement admiratif.

– Wahooo… Quelle chance, joindre l'utile à l'agréable…

« Quelle chance oui, mais pas pour le boulot » pensa Pierre

– Oui, on peut dire que j'ai eu de la chance d'avoir ce contrat, dit-il avec un sourire.

Héléna se sentit de nouveau rougir sous son

regard.

– Et vous, vacances ?

– Oui. Mais je ne connais pas plus la station que vous. J'étais là chez une amie qui m'a invitée à passer une semaine en sa compagnie.

En parlant, ils étaient sortis de la gare et se dirigeaient vers une crêperie, juste en face des voies. Ils verraient leur train arriver ainsi et ne risqueraient pas de le louper.

– Ah d'accord. Vous travaillez dans quoi ?

– Je suis illustratrice de livres pour enfants.

– Cool.

– Oui, c'est cool, acquiesça Héléna.

La crêperie était quasiment complète mais il y avait encore des tables pour deux. Ils en choisirent une pas trop loin de l'entrée sans être en courant d'air et s'y installèrent. Une serveuse vint leur apporter la carte avant de disparaître rapidement.

Avec ce train retardé, il devait y avoir plus de monde que d'habitude à en juger par les rapides allers et retours des serveuses et serveurs.

Leur commande passée et leur repas servi, ils mangèrent en discutant à bâtons rompus.

Pierre était architecte à son compte. Il avait ouvert son cabinet il y avait une dizaine d'années. Avant cela, il travaillait chez un patron chez qui il avait énormément appris, c'était d'ailleurs celui-ci qui l'avait encouragé à se mettre à son compte. Il l'avait même recommandé auprès de certains de ses clients pour l'aider ensuite à trouver sa propre clientèle. Depuis quelques années, Pierre était reconnu par ses pairs comme « un très bon architecte d'intérieur à qui on ne devait plus hésiter à confier les projets les plus fous ». Dans l'hôtel de Megève dont il avait la charge en ce moment, il s'agissait de créer une ambiance « tropicale ». Le projet fou de l'hôtelier était de compléter la décoration prévue en bois exotique par un jardin luxuriant. Pierre avait accepté ce projet sans hésitation.

– J'aime ce genre de défi, avait-il confié à Héléna. C'est intéressant.

– Oui, je me doute que c'est plus attrayant que de meubler des HLM.

– Bon et toi ? Parce que depuis tout à l'heure, on ne parle que de moi, et moi, je veux tout savoir de toi.

Héléna se sentit rosir légèrement.

– Tout, carrément ? Parce que je sais tout de toi moi ? Et d'abord, on se tutoie depuis quand ?

Pierre rit devant la mine faussement indignée de sa compagne.

– Oh pardon gente dame, répondit-il en feignant une révérence. Accepteriez-vous de me parler un peu de vous, ou bien est-il encore trop tôt pour nous de faire plus ample connaissance ?

Héléna éclata de rire, suivie de Pierre. Quelques clients des tables voisines sourirent en les entendant rire de si bon cœur.

– Alors, tu me parles de toi ou je devine ? reprit Pierre.

– Tu ne lâches pas toi, sourit Héléna. Que veux-tu que je te dise ? Je suis illustratrice de livres pour enfants, principalement des contes. Les éditeurs me confient les manuscrits des auteurs, et après les avoir lus, je dois dessiner des morceaux de l'histoire. La plupart du temps, je dessine les personnages. Mais je peux aussi bien dessiner les animaux, les lieux, les situations… c'est très varié. Cela fait six ans que je fais cela et je ne me lasse pas de lire et de faire exister ces histoires. Aucune n'est pareille.

Des étincelles faisaient briller ses yeux lorsqu'elle parlait de son métier. Pierre ne se lassait pas de la regarder. Il la trouvait vraiment très belle. Il adorait ce tic qu'elle avait avec ses cheveux, de les remettre en place derrière ses oreilles.

– Tu as des enfants ? demanda-t-il soudain.

– Non, répondit Héléna surprise. Et toi ?

– Non, je suis célibataire sans enfant. Libre comme l'air, lui répondit-il avec un clin d'œil.

– Comme moi.

– C’est étonnant.

– Quoi ?

– Que tu sois encore célibataire belle comme tu es…

– C’est peut-être parce que j’ai un caractère atroce…

– Permets-moi d’en douter, lui sourit Pierre.

Ils parlèrent ainsi de tout, de rien, de leur vie, de leurs projets durant tout le repas.

Lorsque vint l’heure de retourner dans la gare prendre leur train, ils s’aperçurent que ni l’un ni l’autre n’avait pensé à regarder leurs billets pour voir s’ils étaient loin l’un de l’autre. Ce fut Héléna qui le suggéra et Pierre sourit en admettant qu’il venait d’y penser lui aussi.

Ils se trouvaient séparés par deux voitures. Pierre accompagna Héléna jusqu’à la sienne.

– On attend le passage des contrôleurs puis on se rejoint si on peut.

– Si tu veux.

« Si je veux… Pire que je le veux !!! »

– Bien sûr que je le veux, répondit simplement Pierre. Je ne sais pas encore tout de toi.

– Tu n’en sauras pas plus pour aujourd’hui, sourit Héléna. La nuit, je dors moi.

– Tant pis, je te regarderai dormir…

– File, ou tu vas rater ton train !!!

Ils se séparèrent sur ce dernier éclat de rire. Tandis que Héléna s'installait à sa place, Pierre réfléchissait déjà au moyen de la rejoindre au plus vite. Ils n'avaient même pas échangé leurs numéros de téléphone portable. Il se sentit bête de cet oubli. Mais, comme le lui avait dit plus tôt dans la soirée sa nouvelle amie, il ne lâchait rien.

Contrairement à ce qu'elle avait dit, Héléna ne dormait pas. Le train s'était mis en marche depuis une petite demi-heure et elle n'avait aucune envie de fermer les yeux. Ou plutôt, pas envie de dormir. Ses yeux, elle les fermait de temps à autre ; quand elle partait dans ses pensées qui la ramenaient invariablement à Pierre et à leur rencontre.

Le contrôleur venait de passer. Héléna était en train de remettre son billet dans son sac quand elle sentit une présence à ses côtés. Elle ne fut pas surprise, en levant les yeux, de découvrir Pierre en train de s'installer sur le siège à côté d'elle.

– Qu'est-ce que tu viens faire ici ? demanda-t-elle moqueuse. Le contrôleur t'a viré de ton wagon ?

– Je m'ennuyais, répondit Pierre simplement.

– Et tu es venu m'emprunter un livre ?

Il se mit à rire.

– Non, mais j'y penserai la prochaine fois que tu

me manqueras.

De son sac, Héléna sortit un livre pour enfants dont elle venait de terminer les illustrations et le lui tendit en riant.

– Voilà. L'histoire d'un petit garçon et d'un ourson.

– Comme j'aimerais être plus petit pour que tu me racontes cette histoire…

Héléna sourit et le regardant.

– Je ne les raconte pas, je les illustre, c'est tout.

– Et c'est déjà bien. Tu as un sacré coup de crayon, dit-il en feuilletant le petit livre d'une vingtaine de pages.

Héléna avait dû réaliser pour cet ouvrage dix illustrations. Le texte de l'histoire était sur les pages de gauche et en face, se trouvaient les dessins d'Héléna. Pierre les regarda plus attentivement. C'était de belles illustrations, comme anciennes. Les traits fins du petit garçon contrastaient avec les traits plus grossiers de l'ours qui allait devenir son ami. Il lut l'histoire bien sûr. Les dessins permettaient de bien comprendre et de bien visualiser ce qui était écrit.

Pris par sa lecture, il ne s'aperçut pas que sa voisine s'était endormie. Ce n'est que quelques minutes plus tard, lors d'un virage du train, que Pierre put s'en rendre compte. La tête de sa voisine vint se caler tout naturellement sur son épaule. Et comme si elle avait enfin trouvé sa place, Héléna eut un petit soupir de contentement avant de reprendre une respiration plus lente et régulière.

Pierre finit par s'endormir à son tour.

Le voyage se poursuivit sans encombre.

Héléna se réveilla la première, un peu confuse de sa position mais tellement bien. Elle regarda son compagnon de voyage endormi.

Allaient-ils se revoir une fois arrivés à Paris ? Elle ne savait même pas où il habitait, s'il était de Paris ou si ce n'était qu'une escale dans son retour…

Elle se mit à espérer d'être sa voisine… Et rosit à cette idée.

****

Pierre habitait Paris, dans le 7e arrondissement. De la fenêtre de son appartement, il pouvait voir la Tour Eiffel et l'esplanade du Champs de mars qui, à cette heure, était encore vide de monde. Il était 3 heures du matin. Il n'arrivait pas à dormir. Une cigarette allumée entre les lèvres, il repensait aux dernières semaines qui venaient de se passer.

Après cette nuit avec Héléna, ils s'étaient quittés à la Gare de Lyon, au petit matin car elle habitait de l'autre côté de Paris, dans un petit studio à Montmartre. Ses fenêtres à elle donnaient sur le Sacré-Cœur.

****

Ils s'étaient échangé leurs adresses et leurs numéros de téléphone et communiquaient souvent par SMS. Mais ils n'avaient pas encore réussi à se revoir.

Il ne faisait certes pas très chaud mais cette première journée d'avril était assez douce. C'était pour ce midi.

Héléna ne travaillait pas et Pierre avait annulé deux rendez-vous pour pouvoir passer la journée avec elle. Il se languissait vraiment de la revoir, osait espérer qu'il en était de même pour elle. Il termina sa cigarette mentholée et retourna se coucher.

Ils avaient rendez-vous chez Héléna car Pierre ne connaissait pas du tout le quartier de Montmartre, il n'habitait Paris que depuis quelques mois après avoir quitté sa région d'origine. Il venait du Nord de la France, de Lille.

Héléna habitait Paris depuis plus de dix ans. Née dans une petite ville de banlieue, elle y avait fait ses études et était tombée amoureuse de Montmartre lors d'une visite de Paris avec sa classe. Après quelques années de petits boulots divers, elle avait enfin pu économiser assez d'argent pour pouvoir louer le studio qu'elle habitait actuellement.

La jeune femme se leva et prit un petit-déjeuner léger. Elle était un peu anxieuse. C'était la première fois qu'elle revoyait Pierre depuis leur rencontre cet hiver. Et elle devait bien s'avouer qu'elle était impatiente de le retrouver. Elle avait hâte de le voir sortir de la bouche de métro et de lui faire visiter son quartier. Elle espérait qu'il aimerait ses rues et ses ruelles autant qu'elle, qu'il savoure une bonne journée en sa compagnie…

Ils passèrent une journée de rêve.

Le soleil fut au rendez-vous et ils purent déjeuner en terrasse dans un petit restaurant de la Butte Montmartre.

Ils parlèrent de leurs goûts, de leurs loisirs puis de leur famille.

Pierre avait été élevé par son père à Lille et n'avait toujours connu que sa belle-mère, une très jolie femme qui l'avait élevé comme son propre enfant. Sa mère, lui avait-on dit, l'avait abandonné à sa naissance.

– Oh ! Tu as eu de la chance, répondit-elle. Moi, c'est ma mère qui m'a élevée seule. Mon père est parti quand maman m'attendait.

– Tu vois, nous avons donc un point commun de plus…

La journée passa très vite, trop vite à leur goût mais ils se promirent de se revoir très rapidement, et plus régulièrement.

C'est ce qu'ils firent.

Ils se revirent souvent, car finalement ils

n'étaient pas si loin l'un de l'autre, et Paris offrait bien des choses à découvrir et bien des moments à partager.

Leur amitié ne fit que grandir, et ils devinrent très complices. Bien sûr, Pierre aurait voulu faire évoluer leur relation en quelque chose de beaucoup plus intime. Son sentiment amoureux envers elle se renforçait au fur et à mesure de leurs rencontres. À chaque tentative de sa part, Héléna se dérobait habilement.

Elle finit par lui avouer qu'elle sortait d'une histoire qui l'avait blessée.

Elle tenait énormément à Pierre et avait un peu peur de s'engager plus sentimentalement avec lui.

Pierre était patient, compréhensif, et assura à Héléna qu'il attendrait qu'elle soit prête à avancer avec lui et qu'en aucun cas il ne la presserait. Il lui dit que lui aussi tenait beaucoup à elle, et à leur complicité.

Mais il voulait faire partie de sa vie, coûte que coûte, il ne voulait pas qu'elle risque de lui échapper.

– Tu sais, lui dit-il un jour, j'aimerais vraiment que tu me présentes ta Maman, que tu ne me traites plus comme un ami à cacher. Tu m'en parles tellement que j'ai l'impression de la connaître un peu.

– Oui, dit-elle ravie, si tu veux. Je vais chez elle dimanche, ce n'est pas loin. Je la préviens que je lui présente quelqu'un et que tu m'accompagnes.

– Tu lui en as déjà présenté beaucoup, des amis ?

– Non, jamais, alors méfie-toi ! Elle va tout vouloir savoir sur toi et va déjà s'imaginer nous marier, finit-elle dans un éclat de rire.

La maman fit un accueil agréable et en effet, posa mille questions. Héléna ne remarqua pas son léger hoquet de surprise à l'annonce du prénom de Pierre. Le jeune homme se prêta au jeu voyant dans cette femme pétillante, sa meilleure alliée. La sympathie entre eux avait été immédiate.

Une affection troublante même. Ils s'étaient serré la main pour se saluer mais elle l'avait immédiatement pris dans ses bras pour lui faire la bise. Ce léger frisson qui l'avait parcourue, personne ne l'avait senti à part elle mais Pierre s'était laissé envelopper avec un plaisir non feint.

Le déjeuner fut très agréable, puis au café, la table débarrassée, à la demande de Pierre, ils feuilletèrent un à un tous les albums photos qu'il avait repérés dans la vitrine au fond de la pièce. Il était ravi d'en apprendre toujours plus sur Héléna, plus rayonnante que jamais dans sa robe fleurie.

Henriette exulta de joie, elle allait pouvoir lui montrer sa merveille de petite fille, de bébé jusqu'à la femme qu'elle était maintenant !

Et les pages se tournent, les photos défilent…

Henriette commentait ces photos avec force de détails, certaines fois, il sembla même aux deux amis qu'elle revivait des souvenirs avec une émotion nouvelle, comme si parler de sa fille à Pierre lui tenait à cœur…

– Dommage que toi, tu n'aies pas apporté tes photos aussi, s'exclama Héléna, un peu gênée d'être au centre de tous leurs commentaires admiratifs se répondant sans cesse.

– C'est vrai ! Cela aurait été drôle de comparer nos vacances et de voir si nous avons failli nous croiser ! Mais j'y pense, j'ai quelques photos dans ma sacoche ! Attendez, je vous les montre…

Cinq photos posées sur la table et il commente : là, moi à 2 ans, mon père il y a 10 ans à Genève, ici c'est nous, avec Martine, ma belle-mère, l'an dernier à Noël et puis ces deux-là c'est papa et moi. Une super-sortie de pêche à la truite dans un petit torrent près d'Annecy.

Les deux femmes se précipitèrent sur les images.

* * * * * * * * * *

Il s'ensuivit de très nombreux repas dominicaux, des Noël, des vacances ensemble, des rires, des récits de leur jeunesse à tous les trois… On essayait de rattraper le temps perdu…

* * * * * * * * *

Pourtant, cette première rencontre entre Pierre et Henriette avait failli mal tourner. Ils avaient fini aux urgences de l'hôpital le plus proche.

Henriette avait fait un malaise juste après avoir regardé les jolies photos de Pierre…

Très inquiète car sa maman avait toujours eu une santé de fer, Héléna faisait les cent pas en attentant qu'on lui permette de la voir. Pierre essayait de la calmer avec des paroles rassurantes mais en vain. Il ne lui lâchait pas la main.

Le médecin leur donna son feu vert trente minutes plus tard, après avoir examiné Henriette.

– Ce n'est rien de grave, Mademoiselle. Votre mère a un cœur de jeune fille. Vous pouvez aller la voir, mais ne la fatiguez pas trop. Nous allons la garder cette nuit en observation. Demain, vous pourrez la ramener chez elle.

Ils entrèrent dans la chambre blanche.

Un peu remise et surtout avec des couleurs aux joues, elle s'était expliquée, s'était excusée de ne pas avoir toujours tout dit à sa fille.

– De quoi parles-tu Maman ? Qu'as-tu à expliquer ? Tu as fait un petit malaise, ce n'est rien.

– J'ai des choses à te dire… Des choses que j'aurais dû te dire bien plus tôt…

– Je vais vous laisser, intervint Pierre en regardant Héléna. Je serai dans le couloir.

Henriette tendit le bras et prit sa main.

– Non, Pierre, reste, le pria-t-elle en le tutoyant enfin.

Elle plongea ses yeux dans ceux de Pierre et le regarda intensément.

– Cela te concerne aussi, avoua-t-elle dans un murmure.

Pierre et Héléna approchèrent les chaises en plastique près du lit.

– Qu'y a-t-il, Maman ? s'impatienta Héléna.

– Tu sais ma chérie, ton père, il n'est pas juste parti comme ça ! Je t'ai caché mon chagrin mais j'ai pleuré très souvent. Aujourd'hui je te dois la vérité. Il avait rencontré quelqu'un d'autre quand je lui ai annoncé que je t'attendais. Et un soir, en rentrant de mes courses, j'ai trouvé la maison vide. Plus de ton père, plus de ses affaires mais surtout, (et elle fondit en larmes) plus de notre petit garçon qu'il m'avait enlevé. Il s'appelait Pierre… Je n'ai jamais retrouvé leurs traces malgré toutes mes recherches… Et là, en voyant les photos…

Elle s'était tue. Elle les regardait l'un puis l'autre, revenait au premier pour repartir au second. Ils restaient là, muets, ne sachant que dire devant toute cette souffrance exprimée, ne sachant que penser de ce qu'ils croyaient comprendre…

Ce silence si pesant…

– Tu comprends Héléna ? Et toi Pierre, tu ne comprends pas ? L'homme sur ta photo… Et toi, Pierre… Toi…

Biographie

Née le 12 septembre 1967 et résidant à Morsang dans l'Essonne (91), Eléa, libraire de son métier et maman de deux enfants est habituée à vendre les livres des autres.

En avril 2012, elle ose enfin passer de l'autre côté et proposer ses écrits, des poèmes avec « Liberté d'émotions », première tentative qui rencontre un certain succès.

Dès lors, elle compose régulièrement des textes poétiques spontanés, inspirés par ses vécus mais aussi des nouvelles, en fonction du peu de temps dont elle dispose.

C'est ainsi que le recueil « Maux mêlés » voit le jour en mars 2016 et qu'y sont mêlés justement poèmes et nouvelles dévoilant la jolie sensibilité de l'auteure.

Bibliographie

2012 – « Liberté d'émotion » - Poésie - Autoédition

2016 – « Maux mêlés » Nouvelles et Poésies – Les Plumes d'Ocris

Sommaire

Contacter l'auteur :
Elea12967@gmail.com

Contacter l'éditeur :
Editions Les Plumes d'Ocris
10, allée des peupliers
77 100 MEAUX
plumesdocris@yahoo.fr
www.editionsplumesdocris.fr

Achevé d'imprimer le 20/03/2016
Imprimé en Pologne
ISBN : 978-2-36728-080-6
Dépôt légal B.N.F. 1000000252487

Photos de couverture :
Auteur et illustration : propriétés de l'auteur